곁에 머무는 느낌

금광의 어린 광부,
반농반어민(半農半漁民),
나의 아버지,
故 이상진 님께

곁에 머무는 느낌

간드레 시 03

이윤학 시집

시인의 말

묵정밭을 갈아엎고
뭉텅이 흙을 고르고
온돌방에 들어왔다

고정창을 통해
그런대로 꼴을 갖춘 밭때기를 바라보았다

몸집이 작은 새부터 날아들더니
서로의 눈치를 보지 않고
조용히 먹이를 쪼아먹었다

젖은 흙이 말라가고
비로소 기름져 보이는 밭때기에도
어둠이 내렸다

자리를 옮겨 다니는
새들이 남았다

차례

3부

4부

1부

루시제(祭)

세라마* 우리를 지키는 임무를 맡은 루시의 묽은 눈곱을 정리한 물티슈 서너 장 엄지 검지로 집은 그가 머리를 쓰다듬네 벌떡 일어나 어쩔 줄 모르고 꼬리를 흔드는 루시에게 눈을 맞추고 더듬거리는 그의 말을 바람이 전송하네 저승에 가면 키우던 개가 제일 먼저 마중 나와 꼬리를 흔든다네 왜 벌써 왔냐고 개는 짖지 못하고 마냥 꼬리만 흔든다네 좀 더 가면 묵정밭이 드넓디 펼쳐진 언덕 위 평지가 나온다네 세라마 달걀부침 같은 망초꽃 만발한 저승의 입구에 도착한다네 루시의 가죽 목사리 세라마 빈 우리 옆에 벗겨져 금이 가네 언덕 위 평지 만발한 망초꽃밭 가온에 자신을 껴안은 자세로 앉아 기다리네

* 가장 작은 닭

거기 앉은 섬

블라인드를 걷고 슬라이딩도어를 접어 열었지 새벽 어스름의 정원에 엎드린 거위 한 쌍 잔설의 섬이 보였지 반 아름의 뽕나무 밑 자갈이 드러난 맨땅에 엎드려 서로의 날개에 머리를 맞교환한 엊저녁의 일을 알아차리곤 하였지 푸른 철망 바깥에 오늘의 머리를 넣고 살진 몸을 내둘러보는 것이었지 아무리 맞춰봐도 우리는 맞지 않는 퍼즐 조각이 분명했지 주인 여자는 머리를 내두르다 피아노 의자 뚜껑을 열어 슬림 담배를 빼물었지 그러고는 돌아앉은 섬을 바라보며 생담배를 태웠지 거기까지 가는 접이식 카약을 사야겠지 거기까지 가는 동아줄을 꽈야겠지 철심 박힌 동아줄을 거기까지 연결해야겠지 눈을 내리뜨고 알이 빠진 안경을 쓴 곰 인형에게 다짐을 전했지 활주로를 이륙하는 제트기 굉음과 돌아앉은 섬 절벽으로 새벽 어스름의 파도 분수가 쏟아졌지 너는 나를 온전히 나로 지켜내는 의지의 발로였지 내가 어쩌지 못할 아픈 신경세포였지 언제나 과분한 현재 사랑이었지 둘이 가고 싶어 안달한 미래의 여름 수국 핀 언덕의 전망 좋은 전원주택지였지 접이식 카약을 주문해야겠지 돌아앉은 섬 앞으로 접이식 카약의 뱃머리를 몰아야겠지 두 손으로 잔물결을 몰아내는 기도를 드려야겠지 밤마다 거기 앉은 섬을 보고 와 눈을 붙여야겠지 땅굴을 파고 들어앉은 당신 문을 열고 나와 눈 감고 입 다물고 바위에 앉을 때까지, 초혼(招魂)의 피아노 연주 이어갈 수 있겠지

철둑

남자는 대형견 켄넬을 왼 어깨에 짊어지고
가파른 철둑 억새 망초를 삽으로 헤집었다
철둑 쪽으로 바짝 휘어진 지방도 갓길에
걸쳐진 기운 전봇대 칡덩굴이 장악하고
트럭 조수석의 외국인 여인은 하천의
물웅덩이 보조개를 바라보았다
포플러 잎사귀 잔바람을 걸러내고
철둑 너머에서 삽질이 시작되었다
아이에게 젖을 물린 외국인 여인
하천 건너 수박밭에 분사되는
스프링클러 물줄기에 뜬 무지개
젖은 눈을 감았다 뜨고는 하였다
삽날에 자갈이 찍히고 열 몇 칸짜리
화물 열차가 휘고 굴다리 근처
두붓집 주차장에 차들이 채워지고
건널목 종소리 들려오고
자동차단기 내려졌다
남자는 삽 등으로 켄넬에 든 대형견

봉분 흙을 다져 넣었다 수박 순을 집은
여인들이 파라솔 그늘에 모여 짜장면을
감아 먹었다 아이의 등을 토닥거리는 여인
철둑의 엎친 망초꽃을 오려 보고 있었다
무덤을 쓴 남자가 삽을 짚고 포물선
오줌을 질렀다 아이의 머리를 젖비린내
나는 품에 안고 잠이 든 여인의 얼굴에
땀이 맺혀 눈물 자국을 지우고 있었다

집 근처 수목장

젖먹이를 둘러업고
쌀뜨물을 받아 안은 새댁
새벽마다 어딜 다녀오나 궁금했다

화장(火葬)한 엄마 모실 곳
같이 산 단칸방밖에 없었다
시집올 때까지 방안에
유골함을 모시고 살았다

실리카겔*을 넣은 유골함
끌어안고 잠들었지만
장마철엔 유골 벌레가
방안을 기어다녔다

냉장고에 넣어볼까
메모리얼 스톤**을 만들어볼까

주정뱅이 아버지한테

매 맞고 골병든 엄마
등에 업혀 집을 떠나올 때
봄이 오는 새벽 냇물 안개
건너올 때 치마 걷어 올린 엄마
발 장딴지 무릎 허벅지 어금니

돌아보면 엄마 산소 붉게 부르튼
설중매 한 그루 꽃 피우고 있다

* 제습제의 일종

** 고온으로 유골분을 녹여 저온에서 굳혀 만든 보석 형태

내륙 등대

장편 소설의 막장을 쓰는 당신
한쪽 눈을 상상하는 밤
비 그친 사지(寺址)의 별빛이 있지

여분의 눈이 있다고
상상해 보는 밤이 있지

긴 머리를 말아 올려
볼펜 비녀 꽂은
당신의 뒷모습이 있지

초배지(初褙紙) 발린 벽에 걸린 사진 액자
유리 안에 들어간 빛을 태운 원이 번지지
번갈아 떠오르는 갈아 끼운 사진
사라진 커서가 뒤로 밀리는 밤이 있지
턱관절이 오도독뼈를 씹는 밤이 있지
사지(寺址)의 별빛과 마주친 밤이 있지

우리는 더는 연인이 아니니

연인의 눈빛을 상상하는 밤이 있지

웃는다

불러오는 배를 감싼 여자가
감꽃 아래 등받이 벤치에 앉는다
선글라스를 이마 위로 올린 여자가
책을 펼친다 천사는 얼굴을 감추고
얼핏 웃는다 압화 책갈피를 쥔 여자가
책장을 넘긴다 천사는 얼굴을 감추고
죽은 사람 애를 가진 여자가 웃는다

메밀들길

어깨에 쇠스랑을 걸친 남자 마스크를 내리고
보헴 시가 슬림핏 브라운을 빼 물고 걸었다
방정맞은 개 세 마리 시멘트 포장 농로를
한참 벗어나 몰려다니며 장난치고 있었다
식물인간이 된 그는 분당의 병원에서
몇 년째 눈 감고 눈물 흘린다 하였다
그만 포기하고 싶을 때 들른다는 외동딸
그의 뒷전에 서서 메밀들길 걷고 싶었다
오래전 흘린 눈물의 지독한 냄새
진원지 가축분뇨 퇴비 낸 자갈밭이었다

소한(小寒)

잠옷 차림으로 몽유를 빌미로
샛강 변 갈대 부들 숲으로
피를 식히러 다니는 사람을
안은 적이 있었다

누구도 감당 못 할 사람이라
그는 샛강 변 갈대 부들을 눕히고
번들거리는 몸으로 울부짖었다

장엄한 상고대

화강토 덮인 암반에 걸터앉았다
주리 틀려 연리지 한 소나무 무리
백피(白皮)였다 암반에 똬리 튼 실뿌리
찌들목* 소나무 무리 앉은키로 살았다
가늘고 짧은 침엽이었다

* 척박한 환경에서 자란 나무

흑장미 꺾꽂이

식염수로 콧구멍을 세척하고 곽 휴지를 더듬어
찾는다 거실장의 먼지투성이 향수병 강화마루를
구르다 멈춘다 흑장미 원산지에서 사 온 향수병
만조의 바다에 누워 궐련을 피우던 시절이 있다
지하 레스토랑 로즈가든 여사장 풍 맞은 남편과
되도록 멀리 떨어져 걷는다 유리 조각 네 개의
창문 안에 흰 커튼 흰 새의 날갯짓 하나의 유리에
입김으로 성에를 분 웨딩 사진이 드러나 있다
부쩍 의처증이 심해진 로즈가든 여사장 풍 맞은
남편 초경량 접이식 등산스틱 떨리면서 내디딘다
아스팔트에 흑장미 꺾꽂이 반자동으로 심어놓는다
뒤돌아 손거울을 꺼내보는 로즈가든 여사장
전봇대 뒤로 돌아가 급히 화장을 고치고 나온다
여보오오, 풍 맞은 남편과 남편을 부축한 아들에게
뛰어가는 짧은 부츠 굽 닳는 소리 이면도로에 칠해
진다

꽃기린

낮잠 자다 눈을 비비고 나온 사람아
초음속 고등훈련기 겸 경공격기가 날아
농막의 복층 침상은 골조의 부분일 뿐
배밭 농막에 웬 꽃기린을 사 오셨냐고
수돗가 옆 개집의 발바리 개와 강아지 셋과
어디서 굴러먹다 안착한 유기견 하나가
집단 마무리 체제로 짖어대고
배꽃은 향이 없어 섭섭하고
빗물이 우리는 배꽃 차 나비가 떠다닌다
바싹 마른 입술에 침을 바르는 바람아
술 먹고 술 사러 가다 꼬라박은 스쿠터
수습해 뒤꼍에 옮겨놓은 사람아
겨울 서너 달 의식불명의 남자 곁을
지켜낸 사람아 사기 화분에 분가한
꽃기린 농막 옆 하우스 탁자에 올리고
물을 뿌려두는 사람아 노름을 끊는다는
남편이 전기 포트 물을 따라 훈김을 부는 모습
이번에도 물끄러미 지켜보는 사람아

엄동(嚴冬)

그는 집 나간 전처의 장롱 문짝을 떼어 산촌으로 가져왔다 장롱 문짝 거울을 닭장 기둥에 붙여놓고 오고 가며 자신이 늙는 모습 지켜보았다 거의 늙은 사람을 젊은 그가 보러 오곤 하였다 현재와 과거는 같이 산 세월에 지나지 않았다 나 같은 게 어디 또 있을까 싶었다 그는 자책하는 사람이었다 저지른 만큼 소유하는 사람이었다 그때는 내 눈빛을 내가 볼 수 없었다 물그릇 얼음을 쪼아먹는 닭과 핥아먹는 개 사이에 끼어 그는 혼잣말하였다 들이 분 술이 깨지 않는 아침나절이었다 잡목숲 풍절음 마를 갈던 전처의 속울음도 섞여 지나가고 있었다

소국(小菊)

아프지만, 올해도 흰 소국은 조금 번져 피어있다
탐스럽다, 배낭의 몽돌을 꺼내 돌무덤에 얹는다
낳자마자, 묻어야 했던 너를 흰 소국의 향기가 기억한다
이런 나라도 있어 다행이지 않느냐, 오늘은
장롱에서 꺼내온 배냇저고리 보자기
끌러 놓고 넋이 나간 하늘을 바라본다
어느덧 환갑이 지난 나이지만 오늘은
죽은 너를 삼베에 싸 야산 정상 평지 황토
돌무덤을 쓰던 스물둘 입동(立冬)에 와 있다
보온 통에 담아온 분유가 식어간다
돌무덤과 흰 소국에게 미지근해진
젓병의 분유를 짜 먹인다 나만이
알고 있는 너의 이름을 불러본다

아직, 파란, 밤송이

식전부터 담배를 물고 산 할아버지 산소
상석에 북어포와 사과 배를 올린 아버지
담뱃불을 붙이고 술을 따른다

참초*하다 집으로 줄행랑친 아버지
머리에 왕텡이** 두 방 쏘인 아버지
거진 감긴 눈으로 낫 들린 손으로
어린 아들 손을 잡은 아버지

지금, 아버지, 대가리 쩌개지는 것 같다

두 번 절하고 일어선 아버지
눈을 찡그린 아버지
생담배 흩어진 연기
밤나무 주위를 돈다
떠나간 하늘을 본다

* 벌초 ** 말벌

가을 저녁 빛

비탈밭 고구마를 캐 한 짐
지게에 져오는 아버지 숨소리
멀거니 밀물 든 서해
바라보는 휘는 억새꽃
누진 솔가지 타는 냄새
낮은 산허리 감는 연기

꽃씨 받는 사람

어차피 시들어버릴 꽃
당신은 함부로 꺾지 마시기를
거기 꽃씨들의 방이 있습니다

무수한 꽃송이
활짝 피어날 차례를 기다리고 있습니다

저는 지금 당신께
꽃씨 한 알을 보내드립니다
꽃밭 반 평을 보내드립니다

당신이 봐주고
당신이 봐주고
무심히 웃어줄
꽃씨 한 알을 보내드립니다

당신도 나도 어디론가 떠나
다시 한번 활짝 피어날 때

어디서 본 듯 어디서 본 듯
고개를 갸웃거릴 날 있겠지요

결국엔 생각이 안 나
이 세상까지 못 미쳐
다시 꿈을 꿀 때까지
꿈을 꾸듯
어딘가를 보고 웃겠지요

가는잎오이풀, 꽃피다

누군가
사마귀 오줌을 만진 손으로
눈을 비비면 다른 눈이
아주 먼다 하였다

우는 사람 눈을 비벼준
사람은 아직 없다 하였다

이 세상에 올 수 없는
어떤 사람을 대신해
눈을 비비며 우는 사람
곁을 지키고 있다 하였다

2부

초록 잉크를 기억해요

짧은 시를 옮기려고
조그만 메모장을 샀지
잡기장이 된 그 옛날 메모장을
창고에 처박아 둔 멜빵가방에서 발견했지
예전에 산 집 주소와 전화번호가 끝에 적힌
부여에 갔을 때 나를 간질인 강아지풀들이
번진 초록 잉크의 페이지들에 눌려있었지

갓길

잽싸게 아이의 엉덩이를 까고
쪼그려 앉아 오줌을 뉘는
젊은 엄마의 염색 머리 뒤가
약간 눌렸다

포물선을 그리는 아이의 오줌 줄기
무지개에서 떨어져 나온 오줌 방울
아스팔트와 흙의 경계 주변으로
헤쳐모였다

절개지(切開地) 위편 포플러 잎사귀들
물 빠지는 소리로 소란을 피웠다

터널 앞까지 갓길이 없었다
상시 그늘 앞까지 애기똥풀 피었다

엄마와 아이 볼을 맞대고 비볐다
서로를 보고 웃고 안고 떠들었다

원형 돔 하우스

노란 장미 꽃잎 떨어져 흩어진 달밤
하얀 벤치에 앉아 수시로
스피커폰을 거는 사람이 있지

달무리가 둥근 담을 두른 밤하늘
투명 돔 하우스를 나온 사람
눈을 비비고 달을 보는 사람

원형 블랙 바비큐 그릴 녹슨 그림자
접이식 삼발이를 타고 내려와 뭉개져
모자를 짜고 남은 털실 뭉치 잡을 수 없지
눈을 뜨고 비비는 기도, 하늘이 휘지

물방울이 맺힌 원형 돔 하우스 둘레
장미 덩굴에 피어난 머리핀 장식
당신은 참 눈물이 흔한 사람

퍼걸러

동산에 나란히 선 잣나무 세 그루 말랐다
등나무가 감은 잣나무 세 그루를 베기 전
톱과 낫을 들고 등나무 줄기를 제거했다

어느 봄날 남자 친구 면회 온 영선 씨와
하사 남자 친구가 앉아 문자로 대화를 나누던
나왕 벤치 삭아 주저앉았다

그네들이 낄낄거릴 때 캔커피 주둥이에서
담배 연기 피어올랐다 뭉텅이 등꽃이 피고
말린 둥굴레 잎 펴져 꽃대마다 꽃망울 터졌다

동산에 나란히 선 잣나무 세 그루 잘려나갔다
콘크리트믹서차가 다녀갔다 방부목 울타리
유원지를 들락거리는 찻길과 전원주택지
경계를 구분 짓고 오일스테인이 발렸다

둘은 당겨 앉을 수 없는 의자가 되었다

하나는 아이가 핸드폰을 만질 때 부모와

눈높이를 맞추는 탁자가 되었다

대숲

조 박사 일가가 떠난 집에 갔다
뒤꼍의 대나무가 퍼져 집을 에워쌌다
집 안에도 대나무가 퍼졌다 하늘은
안마당에 말을 안 담은 입 모양으로 남았다

플래시 건전지 속 흑연 심으로
그린 회벽의 그림 지우고
다시 그리는 댓바람 소리 들렸다
바닷물이 들고 나가는 소리 들렸다

샌들을 들고 개펄을 뛰어가는 여자애
조잘거렸다 그만한 딸내미 숨소리
새소리 대숲을 흔들고 뒤졌다

마루에 앉아 딸내미 머리를 빗겨 따는
어머니, 고뿔을 달고 사는 어머니
딸내미 갈래머리를 쓰다듬었다
거울 속 딸내미 얼굴을 바라보았다

봄날의 슬레이트 지붕, 댓 그림자
마루를 훔쳤다 벼름박*에 걸린 옷을 매만졌다
엄마 품에 안겨 잠이 든 딸내미 방에 눕힌 어머니
잔기침을 참다 밖으로 나와 대숲에 들었다

* 바람벽

파리는 왜 촛농에 빠지는가

기름진 파리들,
순대 공장 천장에 떼로 밀착해 겨울을 난다
버너에 가스 불을 붙인 여자 담배를 꼬나물고
오른 눈을 질끈 감았다 뜬다 악다구니 쓰는
세 방향 알루미늄새시를 열어 재낀다

공장에 딸린 살림집에 들른 여자, 겹동백
화분을 들고 골목으로 나와, 물뿌리개
분무질을 한다

드럼통마다 김이 오르고,
파리들 떼제비로 삼거리
순대 공장 골목 근방을 난다

화장대에 켜둔 티라이트 캔들
미니 향초 용기마다 굳은
촛농에 갇힌 파리들 타다
멈춘 심지 위에 엎어져 있다

여자는 위치 추적 앱을 누른다
그이는 간이 녹아내리기 전에
돌아오기 글러 먹은 인간인데

촛농에 빠진 파리들
한 번 더 꿈틀거린다

혼인관계증명서

꽃사과가 익어가는 935번 지방도
딸내미가 짰지 싶은 벨벳 모자를 쓴 할메
전동스쿠터 뒷자리에 영감을 태우고 간다
중절모를 쓴 영감 할메 어깨께 인견 블라우스
살짝 쥐고 간다 약 타러 도립병원에 간다

커브 길을 돌아 나온 덤프트럭
쌍라이트를 켜고 경적을 울리며
지나친다 잽싸게 할메 허리를 감고
찰싹 등에 붙은 영감 꼼짝하지 않는다
벨벳 모자 날아가 굴러가다 멈춘다

전동스쿠터 비상등을 켜고 후진한다
할메, 지팡이로 모자를 끌어당긴다
할메, 들어 올린 모자 잡지 못하고
다시 들어 올린다 달달 떨린다

시내버스 비상등을 켜고 멈춘다

선글라스를 끼고 내린 버스 기사
할메 벨벳 모자를 주워 씌워준다

공터에 전동스쿠터를 세운 버스 기사
할메와 영감을 부축해 태운 버스 기사
고마 걱정 붙들어 매고 있으소
이따 요기 내려줄 꼬마
룸미러로 뒷자리 바라본다

뻐꾸기 날다

시침 분침이 빠진 자리에 녹슨 구멍이 남은 괘종시계가 자작나무 숲 언저리 움막 마루에 자리 잡았다 그녀는 덮개의 깨진 적 없는 유리에 낀 습기를 소매로 문질렀다 못 자국 동그라미가 10자를 감고 10자 옆에 13과 생일 글자가 연필로 쓰였다 행방불명된 그이와 새집을 짓자 약속한 자리에 괘종시계가 자리 잡았다 그녀는 또다시 태엽을 감고 전생의 기억을 더듬었다 도금이 벗겨진 시계추가 안으로 햇살을 꽈 감는 한낮 복숭아 핵할(核割)의 열매들 닭의장풀 숲에 떨궜다 뻐꾸기 울면서 날았다

장박(長泊)

SUV 차량 후미 차박(車泊) 텐트를 들추고 나온 여자가 진동이 온 핸드폰을 들고 인공 호수에서 얼음 낚시질하는 남자를 향해 어그부츠를 꿰 신고 잠이 덜 깬 상태로 얼음을 채면서 양팔을 벌리고는 날아간다 털이 빠진 날개가 얼음을 지나간다 금이 간 얼음 구멍을 봉합한 살얼음이 갈라진다 눈가루를 걷어가는 바람에 잠시 살아난 그림자가 휩쓸린다 남자에게 핸드폰을 건넨 여자 돌아서서 혼자 통화한다 거위 털 패딩 품에 안긴 개가 어깨 위로 나와 여자 뒤를 돌아본다 니가 나한테 뭘 해준 게 있다고 맨날 이렇게 끌고 다니냐고 쪼다 같은 새끼 혼자 술이나 처먹을 거면서 왜 나를 끌고 다니냔 말이다 귀달이 털모자를 덮어쓴 남자 마스크 입김이 서린 안경을 쓴 남자 차박 텐트 밖 대륙산(産) 무시동히터 연료펌프 목탁소리 느려진다

종점낚시 민박

어떤 회상도 집착도 이런 화로를 피워놓지는 못했겠다 잠바때기 걸치고 코르덴 바지 호랑마다 손바닥 크기 잉어를 숨기고 떨지는 못했겠다 육각 정자의 그늘이 지배한 리기다 숲을 배회하다 돌아왔다고는 못했겠다 주물 문짝 닫힌 아궁이 솥단지 밑동 가리 그을림 화목겸용보일러 장작 늘어선 처마 밑 이슬 내린 새벽부터 절개지 아래 정원 울타리 휀스 망을 타오른 나팔꽃들 쭈글텡이 입을 다물고는 물고기 잔챙이 썩는 내를 맡았겠다 스티로폼 상자 탄저병을 앓은 고춧대에 묶인 지팡이 손잡이를 감은 호박 꼬리 반지까지 시들었다 물안개 깊이 박힌 플라스틱 국기봉 꼭지에 싸지른 제비똥 묽어졌다 현기증이 종점낚시를 담수호에 띄워놓는 새벽부터, 그 남자 철심 박힌 허리에 보호대를 차고 녹조 일렁이는 담수호로 출근했다 빈 상자들이 진열장을 채운 종점낚시 민물고기 어선을 타고 일몰에 돌아왔다 자기는 안 먹는 매운탕 파는 마누라 신혼부터 각방 쓰는 마누라 밥상 차려와 방문 걷어차고 돌아갔다 남자의 코골이 이갈이 시동 걸렸겠다

심방(尋訪)

어미 꿩 한 마리 일곱 마리 새끼를 이끌고 예초 작업 끝낸 묵정밭 개 목줄이 도르래로 연결된 와이어 줄 옆을 훑어갔다 경사진 농로 옆 자작나무 이단 목책에 앉은 꿩 일곱 마리 눈을 내리깔고 있었다 아직 날지 못하는 새끼 꿩 여섯 마리 가는 장맛비를 받아 새잎이 돋은 탱자나무에게 굴리고 있었다 개는 개집에서 코빼기만 내밀고 사방으로 엎어진 겹삼잎국화 노란 물이 흘러 웅덩이 LED 백열등 전구색과 혼방이 되었다 막걸리병 목울대 세 번 눌러 흔들어 마시고 있었다 마르는 생풀 냄새 진동하였다 전깃줄에 양방향으로 앉은 제비 떼 비린내 나는 몸 부풀었다 껍데기가 벗겨진 낙엽송 피죽들 주차장 외벽에 밀착해 붉은 낯이었다

고개를 끄덕거린다

각자 육아를 하는 고양이 모녀
계단 위 현관문 앞에서 만났다

앉은 어미에게 다가간 새끼
어미 앞다리 사이 밑을 핥는다

눈을 지그시 감은 어미
새끼 목 등을 핥는다

짧은 울음소리
들리지 않는다

쨰깐한 코스모스들, 피어난 새시

가려운 얼굴을 긁는 남자의 붉은 화상 자국 옆 비지 혹등 무심코 제3경인고속도로를 바라볼 때, 남자는 귀뚜라미 소리를 들으면 이미 나이를 한 살 더 먹는 거라 중얼거린다 미루나무 잎 망가진 폐를 거친 소음은 증폭되고 미세먼지 농도 짙어진다 이마를 짚고 중고 VR 관(흉관) 야적장 앞을 서성인다 아가리 하나 달랑 쳐들고 달려드는 공장 앞 한 쌍의 개 이빨을 무시한다 뒤로 쩜매 묶은 앞머리 줄곧 쓸어넘긴다

지금쯤 일 마치고 술 사 오지 싶은 두 번째 아내 몇 번 바뀐 중고차 모델을 떠올린다 젊은 시절 술병을 깨 긁은 왼 팔뚝 늦은 모기가 문 자리 침 발라 긁적거린다 점집 앞 죽은 참대 끝에 날아든 외 까치 짖기를 멈추지 않는다

손차양한 남자 미루나무 잎 사이 바글거리는 빛의 소용돌이 죽은 엄마 자궁 같은 물웅덩이 살진 송사리 떼 바라본다 말을 붙여볼 데 이제는 어디에도 없다

목을 조이는 잠이 찾아와

어떤 작위의 세계*에 같이 들어갈 수 없는 우리가
가뭄의 보리밭 탱자나무 울타리 밖 농로의 고랑에 빠져 걸으며
노래를 불렀지 이어 부른 노래의 끝에서 우리는 천 년
묵은 느티나무의 꺾이지 않은 하단부
느티나무의 끝까지 갔다 온 등나무의 몰락과
푸석한 굵기를 보듬었지 여기까지 오는데 천 년이 걸렸고
우리는 앞으로 천 년을 지지고 볶을 자신이 없었지
태풍다운 태풍은 천 년 주기로 불어온다 하였지
녹은 눈이 속껍질을 불콰하게 붉혀줘
목을 조이는 잠이 찾아와 병실 침대보를 움켜잡았지
침대 밖은 천 년 눈 내리는 낭떠러지가 되었지
우리는 커브 길을 돌아 철길의 굴다리를 지나
핸들과 바퀴가 빠진 자전거를 버리고 걸었지
우리는 전생에 어지럽힌 주점의 첫 손님 첫 주인이었지

우리는 칼끝의 누레진 실리콘 덮개 똑 떨어진 별이었지

우리는 자격 미달 칼집 역할 수행원 보조 대행이었지

우리는 강변에 피어날 코스모스 우리는 하늘과 땅을 접합한

카펫 위 서로 목을 조르며 떠다니는 한낮 환상이었지

* 정영문 소설

한낮의 태양은

해바라기 꽃대 아래
원피스 그늘을 벗어놓고
맨손 샤워하는 여자가 돌아섰다

여기가 유일한 하늘 창(窓)이라
여자는 윈 덧니를 드러내고
웃는 낮이었다

이리 와라 이리 와서
나를 좀 어떻게든 해다오

붉은 목젖이 때꼽 낀 손톱으로
씨앗이 맺히는 시간을 까불러 벗겨냈다

한낮의 태양은 식음 전폐 폭음 중이고
여자는 누군가의 입 모양을 따라
속말을 전하는 무언극 배우이고
막바지 공연 연습 중이었다

이리 와라 이리 와서
목을 조른 꽈진 동아줄을
싹둑 잘라 다오

꼬인 맘을 따라 하는 몸뚱이를
꼬인 길을 헤매는 정신머리를

원형 탁자 깔판 유리

염색한 지 한참 지난 당신의 반백 머리 원형 탁자 깔판 유리에 볼을 대고 눈을 감았다 얼음이 언 저수지 약방 가는 지름길 얼음장 속에서 머리를 치받았다 서둘러 출구를 휘저어 찾는 손길 무뎌졌다 무녀리가 된 마음 나가 죽지 못한 마음 원형 탁자 깔판 유리에 달라붙은 당신의 웃는 모습 도착할 때까지 깔딱 숨을 쉬었다

웃는다 2

로봇이 로봇을 조립하는 한밤의 공장
내부 아스팔트에 떨어지는 빗방울 고인
골의 내부 붓꽃 핀 돌계단을 내려간다
아직 도착하지 않은 현재를 마중 나간다 당신은
빗길을 달려오는 중 방금 국도변 개축한 휴게소,
그 카페를 지나친 다음 목욕시킨 개를 태우고,
개 비린내를 만끽하는 당신의 비 오는 시간
빗방울이 무한 반복 떨어지고 덤프트럭이
지나간 자리 당신의 보조개에서 이 세상의
웃음이 시작되는 거라 머리만 간단히 남긴
흰 개가 긴 혀를 내밀어 옆 웅덩이 물을
간신히 찍어가는데 어찌할 수 없어 현재는
아직 도착하지 않은 거라 흰 개를 안고
한밤 공원을 산책하는 당신의 끊긴 목소리
그리고 선명해지는 귀뚜라미 소리 멀리 뛰어가는
개 짖는 소리 웅덩이 물을 찍어가는 흰 개
주위로 무한 반복되는 음 소거된 빗방울
물결의 원이 퍼져나가는 빗방울 보조개

졸망제비꽃

아이를 선택하고 죽은 아내를
종중산(宗中山) 귀퉁이에 몰래
평장(平葬)한 남자가 젖먹이
딸아이를 안고 찾아왔다

보채는 아이에게 앙가슴의 젖을
물린 남자 눈물이 그렁한 눈으로
엄마를 조금씩 닮아가는 아이를
가까이 지켜보면서 입으로 웃고 있다

3부

서부

–부루[*]쌈

낮 전 밭일을 마치고 하우스
적부루를 뜯어 샘에 앉아 씻은 부부
쌈을 싸 밥 한 공기 뚝딱 해치웠다

밥상을 물린 부부 대청마루에 누워
두런두런 이야기하다 곯아떨어졌다
부룻잎 따이고 입가에 침이 고였다

적부루 물기를 털어내듯
마당에 빗방울 떨어졌다

처마 밑 풍경(風磬)
나일론 끈에 묶였다
제자리를 맴돌았다

* 상추

서부
―뱃머리 슈퍼

분설(粉雪) 내리는 슬래브 지붕 위 함석 기와지붕 초속경 모르타르 비벼 부은 인공 호수 얼어간다 쥐가 난 장딴지를 혈당 체크 바늘로 찔러댄 그니 페트병 요강을 들고나와 하수구에 쏟아붓는다 바닥에 절도 있게 거품을 털어낸다

그니는 처마 밑 삼발이 참깻단을 안아 들고 부엌으로 사라진다 삼 년을 말라온 참깻단에 불을 붙인다 아내의 영정사진이 걸린 안방에 연기를 들인다 이불 홑청 커튼 깨어진 창밖 뒤축이 내려앉는 봉고차 뱃머리를 치켜든다

서부
–미정

흙벽을 싸 바른 시멘트 층 갈라지고 뜨고
떨어졌다 그녀가 양손 마디를 눌러 만드는
딱딱 소리 들려왔다 손수건을 매단 나왕 쪽창
가는 반창고를 휘어 안쪽에서 이어붙인 쪽창 주위
흰 접시꽃들 모여들었다 그녀의 오랜 독백의 중심에
꽃 수술대를 꽂고 있었다 이 세상의 중심에는 그녀의 방 책상
원형 스탠드가 있었다 그녀의 방 동향의 쪽창 흙벽을 따라
서로 엇나가 피는 흰 접시꽃들 벌써 귀천(歸天)한 그녀의 방
쪽창 밑을 기웃거렸다 흰 접시꽃대들 끝까지
꽃봉오리를 달고 흔들거렸다

서부
–오디

늙수그레한 남자가 젖병을 흔들어 물렸다
우유를 빠는 아이를 지켜보았다 위아래로
고개를 흔들어주었다 잠이 든 아이를 안고
마른걸레를 집어 들었다 평상에 떨어진 오디들
구석에 모아 두었다 강보(襁褓)에 싼 아이
레이스 달린 모기장 밥상보를 펴 덮었다
오남매 젖을 물려 키운 마누라 떠난 하늘
오디가 까맣게 익은 하늘 입을 벌려 마중
나갔다 뒤집어 들기름 두른 가마솥 뚜껑
솥걸*에 불붙여 철질하는 소리 간장
불고기 굽는 냄새 마누라 산소까지
외길을 걸어갔다

* 솥가리

서부
–모과

헛간의 양철지붕에 단풍잎 수북한 아침마다
수숫대 빗자루를 들고 사다리를 오른 할메
허리를 굽혀 양철 지붕을 쓸고 앉았다
열여섯에 혼인하고 셋째 딸 두 돌 지나
집을 지어 제금날 때 시집에서 캐다 심은
모과 한 그루 우물에 가지를 뻗었다 소리꾼
남편은 전국을 떠돌다 장독대 항아리에 모과 청이
들어찰 때 돌아와 건넌 사름방*에서 겨울을 났다
가마솥 쇠죽을 깔고 앉은 스테인리스 세숫대야를
꺼내 온 남편이 찬물을 섞어 새끼손가락으로 저어
물 온도를 맞췄다 맨발로 돌아다닌 손주를 사타구니
에 앉히고
발을 씻기던 펌프질 우물가 볼을 비비고
발바닥 겨드랑이 간지럼을 태우던 우물가
목말을 태우고 웃고 떠들던 우물가
할메는 세숫대야에 모과를 담아 씻었다
생채기를 오려낸 모과 광주리에 널었다

* 사랑방

서부

–사철나무 열매

늦가을 오후,
사철나무 울타리를 지나는
중년 남자 목소리 멈췄다

톡 까놓고 얘기해서…

공 핸드폰 귀에 밀착한 남자
불탄 집터에 놓인 컨테이너
휑한 내부에 걸린 독사진 반절
불에 타고 나머지 우그러들었다

물려받은 재산을 탕진하자
아무도 만나주지 않았다 남자는
희어진 평상의 장판에 뒤비져
잠들곤 했었다

간혹 불탄 집이 원상 복구되고
재가한 여자가 친정에 돌아와

폐가를 수리해 살았다

들창을 머리에 걸친 여자
불거진 열매들 꽃을 물고
남자를 세워 따지곤 했다

서부

–댓잎에 폭설

표고버섯 배양실과 재배동 사잇길, 얼어붙은
연탄재 삽으로 쳐 떼내는 여자 덜렁거리는
트럭 짐칸 바짝 붙여 대고 연탄재 싣는 남자
폭설이 내린 아침 다리가 전부 잠긴 어미 개와
고드름 달린 살림집 처마 밑 강아지 낑낑거리며
입김을 날렸다 농자재창고 트랙터 시동을 건 남자
부인과 어미 개를 옆에 쫍쫍하게 태운 남자
눈을 밀고 지방도 입구까지 내려갔다 왔다
트럭 뒷자리에 군밤 장수 모자와 목도리
오리털 파카를 벗어 던졌다 트럭을 몰고
비탈길 내려간 부부 짐칸에 올라
연탄재 들어 올려 바닥에 내리꽂았다
깨지지 않는 연탄재 일일이 망치로
깨부쉈다 장애인 차량 운전해 오는 형님
벌을 치며 혼자 사는 형님 도착해 트렁크
휠체어 꺼내 탈 시간 다가오고 있었다

서부
–댓잎에 폭설 2

대숲이라는 로봇, 감속기를 멈출 수 없다
우는소리는 그만해라, 로봇에게는 아직
그런 소리까지 감내할 청각 소화 기능이 장착되기
한참 전 단계에 머물러 있다 아무리 길게
충전해도 1분 작동하기 힘들어진 중국산
로봇청소기 홈쇼핑에서 사 보내고 자기 능력
자랑질하던 사람아, 옜다 부러지고 대가 터져
죽공예품 만들기 좋게 쪼개지지는 않겠다

서부

—풀새밭*

옥수깽이** 심을 때 말을 하면
알갱이가 제대로 여물지 못한다 하였다

옥수깽이꽃 위를 나는 새
둘이 좋아 죽는시늉하면서
빠른 말을 똑같이 하였다

툇마루에 앉은 어머니,
누군가의 손을 잡았다
가운데에 지팡이를 두고
손깍지를 끼워 잡았다

옥수깽이잎,
새들의 날갯짓
마디를 오르내렸다

* 푸새밭

** 옥수수

서부
–붉은 벽돌집

대리석 난간 늘어선 다육식물 화분
담벼락 더듬어 집 찾아온 노모
장독대 앞 목련 둘레 박힌 붉은벽돌
움찔거린 개집의 노견 영정사진을 등에
수놓은 여자의 뜨개질 옷을 입었다
흰 털이 많아진 개 귀 늘어뜨리고
주둥이 빼고 제자리를 돌았다

앙상한 달그림자 드리운 목련
꽃봉오리 한 소쿠리 따 데친 모녀
오랜만에 정신이 돌아온 상태였다
모녀는 현무암 디딤돌 깔린 마당에
은박돗자리 깔고 술상을 차려 마주앉았다
데친 목련 꽃봉오리 입에 문 모녀
머그잔을 부딪쳐 들었다

저마다 개비(改備)할 개 종자
염두에 둔 개 이름 웅얼거렸다

서부
–폐다리

용달을 불러 떠나는 옛사람을 보기 위해 연못 둑에 나가보았다 그 사람 품에 안긴 개 차창 밖으로 고개를 내밀었다 늘어진 귀털이 나부끼고 이모작 논에 파종한 청보리 골진 언덕을 타 넘은 바람이 폐다리 건너로 내뺐다

남겨진 개는 눈이 침침하고 동작이 굼떴다 누구도 얼마를 산 것인지 몰랐다 엉덩이를 끌고 마루로 나온 남자 눈곱을 훑어 마루 기둥 골에 처발랐다 그러고는 참치 죽을 개봉해 전자레인지 돌렸다

네가 먼저 떠나야… 너를 묻어놓고… 곧 따라나설 것인데 남자는 참치 죽을 불고 개는 눈을 껌벅거렸다 남자 차례의 참치 죽을 잘도 받아 삼켰다

서부
―정금*

언제 꽃이 피었다 졌는지 모르게

정금은 익었다 여우가 애장을 파먹다

곁눈질로 내뺐다는 각시난골 골짜기

돌무덤 근처 창출을 캐던 과부는

장화 속까지 흘러내린 물똥을 싸버렸다

속곳을 벗어 물똥을 닦아내고

슬쩍 냄새를 맡아보았다

과부는 얼굴을 찡그리고

머리를 내둘렀다 구덩이를 파고

낙엽을 긁어 덮어버렸다

움푹한 눈가에 눈물이 맺혀있었다

과부는 뒤돌아 낙엽 썩는 내 나는 속곳을

수습해 창출 광주리 깊이 쑤셔 박았다

검붉은 입술 혓바닥 썩은 등걸 걷어찼다

* 토종 블루베리

서부
–살구꽃

오른손 마디에 옛 연인 이름 문신을 새긴 정 씨 화장품 외판원 엄니 캐리어를 끌고 그 집 마당을 들어설 때 살구나무 뿌리 드러나 바퀴에 흠씬 두들겨 맞았다

그 집 앞 살얼음 얼은 연못에 빠진 주정뱅이 남편 빼내어 둘러업고 골방에 들어가 동동주 바탱이 솜이불 끌러 덮어뒀다 장맛비 내리친 마당 살구를 씻어 뒤꼍 간수 독 옆 담금주 유리병 폐비닐 덮어뒀다

선배 교도소 들어가기 전 옛 연인 이름 문신 중지 셋째 칸에 급히 새긴 정 씨 돌아와 글라스에 곰팡이 앉은 살구주 부어 들이켰다 무논에 독새풀꽃 피어 꼿꼿했다

그 집 마당을 구르는 정 씨 속이 뒤집혔다 이제 나는 죽는다 살구나무 뿌리 걸리는 마당을 굴렀다 나 지금 입만 살았다 외치는 정 씨네 폐가 아직도 구급차는 도착하지 않았다

서부
—옴(싹)이 난다

계단 아래 사료 부대를 깔고 앉은 모녀
쭉정이가 많은 마늘을 까면서 눈을 비빈다

고무 함지박에 수돗물을 담은 남자
최대한 다리를 벌려 회화나무 곁으로
윤슬 일렁이는 수평 거울을 옮긴다

오랜만에 잔디정원에 풀려 뛰어논
개 두 마리, 함지박에 입을 가져간다
길쭉하고 얇은 혀 오므린 개 두 마리
경쟁적으로 수돗물을 퍼먹는다

함지박에 들어가 물장구치는
두 돌 지난 아이의 웃음소리
마늘껍질을 쓸어가는 바람이 바닥을 훑는다

봉긋한 잔디밭 앞, 원목 십자가 나이테 도드라진다
물오른 회화나무 옴들, 각자의 하늘을 가리킨다

서부

—밑불

서리 맞은 알루미늄 지게를 지고 온 여인
정사각의 밭에서 안 뽑히는 목화 대를 잡고
죽은 사람 미친 사람 욕을 해댄다 무딘 나무낫,
날이 나간 나무낫을 들고 목화 대 밑동가리
후려치는 여인이 있다 손잡이에 침을 먹이고
날 부스러기 떨어지는 목화 대 밑동가리 후려쳐
지그재그로 바지게에 눌러 실어가는 여인이 있다

시어머니와 남편이 살았을 적 이곳은
밤낮 살림 파편을 내다 버린 폐사지(廢寺址)였다
미치지 않고 미쳐 죽은 사람 욕할 수는 없었다
발목 장화를 털어 신은 여인 바지게를 지고
생전의 대웅전을 나와 생전의 뜰을 걸어간다
생전의 목화밭 살림살이 파편들 자석처럼
작대기 뭉툭해진 못에 달라붙어 휘둘린다

서부
–두더지

한낮의 골바람이
얼마나 세찼는지
지난겨울 몰래 소각한 뭉텅이 진
폐비닐 잔디마당까지 굴러와 멈췄다

반백의 시절을 살아온
긴 머리 소년
덜 탄 폐비닐 뭉텅이 앞에
집게를 짚고 앉았다

마당과 텃밭과 소로와
과수원을 뒤지고 다닌
두더지 한 마리였다

드러누워 입 벌린 두더지
앞발의 다섯 개 갈퀴 살
하늘을 안을 수 없었다

서부

–사슴농원

간을 뺀 고등어 대가리와 뼈다귀 일체를
철사 감긴 투가리*에 담아 토방에 내놨다
투가리를 비운 떠돌이 고양이 등을
곧추세우고 굽은 꼬랑지를 세웠다
눈발 들이치는 처마 밑을 거닐었다

아궁이에 토치 불을 붙인 노인의 누비바지
가랑이를 스치고 짧고 가늘게 울었다
생나무 나이테 불을 쬔 반 코팅 장갑
김이 나고 피식피식 웃는 소리 아궁이
불빛 주위로 모여들었다

간신히 실눈을 뜨고 쭈그려 앉은 노인
토시가 눈가에 스치고 초승달 흰 굴뚝
연기에 자취를 감췄다

시멘트 포장길을 걸어가는 고양이
늘어진 배 젖꼭지 바닥에 끌리지 않았다

골바람이 잦아들고 아카시아 장작을 패
노랗게 뒤집어 널은 사슴 우리 철망 밖
보도블록 깔린 마당 함박눈이 덮었다

먼 곳을 가늠하는 사슴들의 귀
눈동자 콧김은 짧고 부드러웠다
콧김과 입김을 바람이 채갈 때
수사슴 뿔에서 옮겨붙은 솜털들
목련 꽃봉오리를 감싸고 돌았다

어디에도 빈틈이 보이지 않았다

* 뚝배기

서부
–돼지감자꽃

잇몸이 주저앉아 골난 표정이 된 지 씨 할메 마스크를 빨아 쓰고 혼잣소리를 늘어놓던 서향 집터에 돼지감자꽃 비스듬히들 누운 대를 무시하고 피어 저마다 허공이 되었다 김이 끊기기 전에 솥째 들고 온 호박죽을 퍼먹는 숟가락들 골바람이 흔드는 돼지감자 꽃밭 유리 조각들 빛이 새 나간다 지청구를 늘어놓는 영감과 끝물 고추를 따던 지 씨 할메 소피가 급해 돼지감자밭으로 들어가 왜바지를 내린다 낮아진 돌담 돼지감자꽃들 떠다닌다 올해도 지 씨 할메 왜바지를 올리고 지팡이를 짚고 머리를 들지 않는다

4부

수선화

대문 옆 길쭉한 화단에 쪼그려 앉은 여자애 눈물을 훔치고는 남동생 눈을 빤히 들여다본다 아빠가 엄마 생일에 맞춰 사 온 수선화 피어있다 꽃을 보고 아주 심은 수선화 무리 지어 피어있다

바다제비*

바위 동굴에 신접살림을 차리고 새끼 셋을 낳아 키웠다 동굴 언저리 밀사초 군락 바람이 자랐다 바위 절벽 머리끄덩이를 잡아당겼다 잃어버린 새끼들에게로 먼저 간 아내 시신을 떼마**에 안치한 남자 노를 저었다 지그재그로 나는 바다제비 먹이를 채 가는 바다제비 허공을 제치며 날았다 바위 절벽 틈 밀사초 군락 땅굴에 알을 낳고 먼바다와 둥지를 오갔다 풀꽃을 꺾어 아내 시신을 덮은 남자 가족사진을 올렸다 평생을 어부로 산 남자 노를 저었다

* 무인도에 사는 여름 철새

** 무동력 목선

부엉이

숨넘어가는 할아버지
손목시계를 끌렀다
아버지 사타구니에
냅다 집어던졌다

붉은 구름

당신이 태어나기 한참 전 환상이었지
해당화 꽃밭에 버려지는 술병을 보았지
거꾸로 박힌 술병 안에서
희디흰 풀이 자라 술병을 옮겨 다녔지

언제부턴가
들숨의 언어를 사용하였지 하룻밤
둥지를 찾아 날개를 펴는 일이 잦았지
그때는 손아귀에 우물을 쥐고 다녔지
이 세상 못지않은 내면을 갖고 있었지

붉은 구름들, 해독 불가능한 영역으로
분주히 이동하고 언덕배기 기업형 돈사
쪽방 앉은뱅이책상에 붙어 앉았지
붉은 구름의 말을 옮길 수 있었지

그는 늘 고독한 사람이었지
이 세상에 남은 쾌감

그의 몫으로 떨어진 적이 없었지

캠핑

개천 바닥에 텐트를 치고 또 한겨울을 난 남자 울긋불긋한 옷가지를 꺼내 개천 둑 철사 그물망에 널었다 개량 한복을 차려입은 남자 괭이를 들고 텃밭을 일궜다 갈대숲 기슭으로 졸아든 사행천 들러붙었다 조금 남은 곱슬머리 아지랑이로 빨려 나가고 봄바람이 잔설에 묻힌 남자의 콧수염 턱수염 긁어 비듬을 날렸다 입 다물고 텃밭을 일궜다 괭이에 부딪힌 자갈들 고릿적 헤어진 전처의 잔소리 들려줬다 아프다고 말해봤자 엄살이 되어 돌아왔다 꽃 피기 전 아픔은 아무것도 아녔다 정강이에서 핸드폰 진동이 왔다 갈라진 화면 흰 민들레 압화 옆 잔나비 웃었다 눈은 까뒤집혔다 오른 엄지와 검지로 입가를 끄집어내린 잔나비들 지독한 말더듬이 흉내를 냈다

맨드라미

명당복권방 뒤편 이면도로 주차 행렬이 이어지고 단체 체육복 차림 다족보행로봇사 연구원들이 신장개업한 아귀탕 전문식당 화환 늘어선 골목에 나와 잡담을 나눈다 씨앗을 떨군 지 꽤 된 담장의 맨드라미 앞에 자잘한 차세대 맨드라미가 서둘러 씨앗을 만드는 늦가을 토요일 저녁 로또를 사 들고 뛰어오는 주인을 기다린 개가 짙은 선팅 창문을 통해 짖어대고 전화를 걸고 걸어온 대리기사 손을 흔드는 손님의 스마트키를 보고 손가방에 핸드폰을 쑤셔 넣는다 손에 들린 담뱃불 엄지와 검지 손톱으로 불똥을 따 떨어뜨린다 누레진 타일이 붙은 꼬마빌딩 성인용품점 붉은 간판을 향해 LED 투광기 50W 줄줄이 켜진다 빈 택시들 먹자골목 입구에 늘어서고 아스팔트에 뿌려져 밟히는 광고지들 두드러기 심해진다 편의점 파라솔 탁자에 소주병과 문어포를 올려놓고 혼잣말을 이어가는 사내의 입 주위 각질을 밀고 수염이 올라온다

스토커

몰래 이사한 집을 용케 찾아냈다
얼굴을 찌푸린 아들 내외 삿대질하였다
다 늙은 노인네가 양심도 없이 죽을 때까지
얹혀살려고 찾아왔다 악을 써대는 아들의
기세에 눌린 할머니, 아파트 입구에 주저앉았다
자꾸 이렇게 찾아오면 확 스토커로 신고해버린다
아들 말에 고개를 숙였다 할머니 귀에 더는 아들의
목소리 들려오지 않았다 작년에 폐암으로 세상을 등진
남편과 50년 함께한 떡집 골 벨트 돌아가고
자욱한 스팀이 머리에 찼다 이층집과 떡집이 있던
꼬마빌딩을 명의 이전해주자 얼마 안 가 본색을
드러난 아들 내외였다 이층집과 꼬마빌딩을
급매로 처분해 자취를 감춘 아들 내외였다
이제 지긋지긋하니, 연을 끊고 각자 살자
다시 찾아오면 스토커로 신고해버리겠다
접근금지신청을 해놓겠다

아들 내외와 중학생이 된 손주가 사는 아파트가 지척인

빌딩 청소하는 할머니, 계단 통창 아래 원통형 의자에서

음지식물 화분 내려놓고 발판 삼아 올라갔다

통유리를 닦는 헛손질 이어졌다

스트라이크 존

항아리 뚜껑에 수돗물을 받아 스테인리스 개밥그릇을 띄웠다 수돗물을 뿌려 개집 주변을 소제했다 고약한 냄새의 접합점(接合點), 들끓던 파리들, 사료를 부스러기로 만드는 불개미들 종적을 감췄다 개들은 여전히 털갈이 중이고 혀를 나풀거렸다 혹독한 한파와 물그릇에 낀 얼음과 처절한 허기를 쏟아냈다 방부목(防腐木) 자투리 덧붙여 수리한 개집에 오일스테인 칠했다 거친 개털을 붙이고 페인트 스미는 동안 장마전선은 소강상태였다 아파트 축대벽에 걸어놓고 팔던 옷가지 밀봉해 봉고차에 실었다 편의점 알바하는 마누라를 지켜보러 갔었다 하늘의 보온덮개 먹구름 손거울에 남은 햇빛을 꺼내 코로나 백신 맞고 대머리가 된 사내 가발에 안겼다 빚 독촉 전화 문자에서 해탈을 거듭했다 계산대에서 조는 마누라보다 편의점 출입문 종소리에 먼저 반응할 수 있었다 왕벚나무 아래 돼지등뼈 안주를 놓고 유일신을 추앙하는 소맥잔을 들었다 운이 좋은 돼지등뼈 마디 만년 기대주 좌완 강속구 투수의 제구력이 뒷받침된 피칭에 힘입어 좁아터진 스테인리스 개

밥그릇 쇠 수세미 긁힌 잔금의 여울 스트라이크 존을 파고들었다 움츠러든 개들 돼지등뼈 파편 행방을 쫓았다 왼 다리에 지탱해 내지른 방뇨 냄새를 맡았다 전설이 되지 못한 대머리 사내 담배를 꼬나물었다 몇 년 전 월드시리즈 우승팀 모자를 눌러썼다 강속구 슬로비디오로 날아가다 죽는 새처럼 풀숲에 착지했다

첫 장미

중년 여인 둘이서 자식 같은 개를 데리고 비탈길을 내려왔다 커브 길 담장에 장미가 들쭉날쭉 봉오리를 내밀었다 볼록거울 꽃무늬 접시 번지르르해지고 일찍 찾아온 땡볕이 아스팔트를 달구고 자잘한 금속이 돋아나 소멸한 별빛을 대신했다 손안에 자꾸 비지땀이 차올라 반바지 흰 줄에 문대기 바빴다 무음의 핸드폰과 개 목줄을 바꿔 잡고 자기 가슴과 상대의 등을 치면서 눈곱 대신 다이아가 분출하는 웃음이 이어졌다

칠면조 목울대

티크 고재 탁자에 백금도금 잔을 내리쳤다
놀란 칠면조 목울대 엘리베이터 작동이
시작됐다 다년생 여주의 붉은 목주름들
분주히 꼬마전구 달라붙은 꽈진 전선을
들어 올리고 내리기를 반복했다

실연한 남자가 냉동갈치 궤짝을 해체해
120방 원형 사포로 샌딩해 짰지 싶은
액자 속 사진에 꽂혔다 그는

백금도금 잔에 차가버섯 주를 들이붓고
티크 고재 탁자 밑 분홍 실리콘 깔때기
꽂힌 양주병에 털어 넣기를 반복했다

스타인웨이 그랜드 피아노 저편 사진 액자 속
그녀와 함께 웃는 그해 첫 장미 곁 자신에게
질투를 느끼는 남자의 뇌파, 칠면조 목울대 무음
즉흥곡 연주 음량 실시간 주입돼 전송했다

요새

그린 휀스 울타리 두른 중고 샌드위치패널 야적장 접이식 양문 대문 옆에 걸린『현위치 토지 지주 직거래』현수막 발했다 남향의 컨테이너 사무실 노란 벽채(壁彩)를 뚫고 화목난로 연통 직각으로 꺾여 올라가 프라이팬 캡을 쓰고 폐표고목(廢蕈菇木) 연기를 방출한다 녹이 슨 접시형 안테나 구멍 목초액을 흘린다 선팅 벗겨진 슬라이딩도어 안 소파베드 연속 하트 문양 수면 잠옷 차림 사장 부부 TV를 보다 잠이 든다 적외선 4채널 CCTV 카메라 분리 야적된 스티로폼 샌드위치패널과 우레탄 샌드위치패널의 경계와 공동묘지 아래 약수터 오르는 커브길 17루베 돌을 적재한 25.5톤 덤프트럭이 먼지를 달고 질주하던 제방길 쪽문 밖 요양병원 진입로를 벽걸이 모니터에 등분해 보여 준다 샌드위치패널의 심재(心材) 절단면 스티로폼과 우레탄도 누레졌다 배달음식 택배 등기 우편물 받을 때 잠깐씩 끼던 KF94 마스크 목재 스탠드 옷걸이에 걸려 누레졌다 샌드위치패널 집 앞에 누워 슬라이딩도어 안을 바라보는 흰 개 두 마리 부부가 일어나면 따라 일어날 흰 개 두 마리 고성능 적외선 모형 카메라를 켜놓았다 암막 커튼의 불빵 구멍 터널 끝 불빛 몰려온다 부부의 코골이 몸부림 잠꼬대 슬라이딩도어 창 성에가 덮는다 야적장을 덮은 위장막 마른 덩굴식물 줄기 서리꽃이 번진다

타구(唾具)

통조림 깡통의 녹은 밑변을 시조로 둔
녹전(綠錢)의 차가운 친족들이었다 그는
기관지에 들끓는 굴 어장을 관리하느라
곰방대 소제를 끝내고 봉초를 우그려 넣었다

화롯불에서 살아온 연기를 골방에 불고
무심히 대(代)가 끊긴 어느 날 냉골을
손가락 지문으로 훑어 불었다

불룩한 흙벽에 머리 혹을 문대고
허공의 먼지 간을 보았다
천장의 파리똥에도 잉태시킨
고독의 발길질을 외면했다

수십 년 독신 생활을 단박에 보상받기 위해
깨진 화로 녹슨 종을 절도 있게 치곤 하였다
개비(改備)한 토방의 어린 개에게 식전 생굴을
수확해 갖다 바치곤 했다

사금(砂金) 채취 동호인

정원의 단신 활엽수 멱살을 움켜쥔 남자
담배 필터 씹어 물고 앞산서 쌔벼와 전정한
단풍든 활엽수 흔들어 잎을 죄다 털어놓는다
애리조나 다이아몬드백스 원정 경기 모자를
눌러쓴 남자 껌을 몰아 씹은 랜디 존슨
안면 근육이 주름만으로 재현된다
귀먹어 밤새 짖는 자기네 창고 앞
악바리 발바리도 상관없는 남자
아랫집 개가 짖자 잽싸게 돌을 집어
강속구를 뿌려대는 남자
사륜 모터사이클을 타고
사별한 부인 묘소에 들러
사금 채취용 패닝 접시에
재활용 북어포를 올려놓고
주저앉아 눈물 콧물 쥐어짠다
주먹 손에 쥔 봉분의 마사토
부스러지면서 불타오른다

솔숲이 보이는 단독

시멘트 삽으로 바닥을 쳐올리는 기침 소리 감나무를 감고 올라간 수세미꽃들이 받아먹는다 지하수를 푸는 모터 소리 드럼세탁기 돌아가는 소리 빗물이 개어놓은 재 위에 시멘트 바닥을 쳐올린, 벌써 말라버린 가래침을 힘겹게 뱉는다 한결 희어진 침대보를 털어 너는 그녀의 허벅지 높이로 시추 수컷 입김을 뿜는다 새벽까지 침대보와 이불 홑청을 삶아 빠는 결벽과는 상관없이, 전원주택 단지 샛강 물안개 속으로 유성이 꼬리를 감춘다 웃자란 잔디정원에 멈춰선 그녀의 기도 소리 이어진다 이슬방울을 맺은 잔디꽃 수술들 허파 꽈리로 들어가 번지면서 떨림을 전도한다

너구리

죽은 연기 전문가 송모 씨를 처음으로
너구리라 부른 것은 연상의 마누라였다
먹을 것이 떨어져야 비로소 동면의 굴을
기어 나오는 그를 누군가가 마른 들풀의
휘파람으로 유혹해 차도로 불러낸 것이다

그는 오늘 새벽 처음이자 마지막으로
죽은 모습을 잠깐 보여 줄 수 있었다
음주운전을 일삼는 건넌 마을 무뢰배
배 씨의 소행이라 짐작해볼 뿐이었다

배 씨의 전화를 받은 김 씨가 시동이 잘
안 걸리고 꺼지는 네 발 모터사이클을 타고
현장으로 달려갔을 때 너구리는 옆구리가
절반 이상 뭉개진 상태였다 그는 생전에
너구리 시늉을 누구보다 근접하게 냈으며
지독한 냄새를 피우는 재주를 부릴 줄 알았다

야생동물의 내장에는 기생충이 들끓고 있으니
그는 숫돌에 칼을 갈아 배를 열어주는데
한 치의 주저함이 없었다 긁어낸 내장에서
쓸개를 떼어내고 호두나무 가지 아래
불룩한 배를 열고 봉합했다

아궁이에 불을 피워 고인의 넋을 위로했다
토치로 털을 제거한 그는 손도끼를
능숙하게 다뤘다 잘리고 다져진 사체는
양은 솥단지에 들어가 삶아졌다

호두나무 아래 평상에 됫병 소주가 올랐다 너구리
조각을 문 개는 뒤곁으로 돌아갔다 나오기를 반복했
다
땅을 파고 너구리를 묻는 동작이 굼뜰 때
배 씨가 모는 트럭이 수풀 길을 기어 올라왔다

이게 노린내가 심해도 중독성이 있단 말이지

한 점 집어먹기가 힘들지 한 점만 집어먹으면
금방 마지막 한 점이 누구 입으로 들어가는지
알 수 있단 말이지 그는 쌈장에 고기를 찍으며
너구리 쓸개 술잔을 기울이며 자신의 트럭 함몰된
오른쪽 범퍼에서 눈을 거두지 못했다

그리마

세숫대야 물을 들뜬 타일 바닥에 갈겨 버리자 그리마 바삐 기기 시작한다 오래전 타일 바닥 구석에 죽은 그리마 떠밀린다 물결에 몸을 싣고 타일 벽을 타오르기도 한다 마른 다리를 바삐 놀려 예전 그리마 도주하는 동작을 반복한다 개가 드나든 욕실 문은 열려있다 덧방한 모자이크타일 줄눈은 누레졌다 죽으러 나간 개를 못 찾은 여자 현관문을 약간 열어놓고 들어온다 수증기 낀 욕실 창 뿌연 개의 눈으로 개운산 산책로 바라본다 뒤집혀 다시금 구석에 몰린 그리마 개 오줌 찌든 빈껍데기 몸으로 지두른다

방음

창을 닫지 못하는 밤이 있지 스탠드를 끄지 못하는 밤이 있지 가장 멀었던 곳이 바로 옆댕이로 달려오는 밤이 있지 누군가의 방충망 모눈 칸을 벌려줘야 할 때가 있지 간신히 숨을 몰아쉬는 밤 신음을 먹는 사람이 있지 등 돌릴 시간을 통증이 먼저 알아채는 밤이 있지 그가 떠날 때 보인 등이 움찔거리는 밤이 있지 내게 다가올 때 누군가에게 보인 등이 움츠러드는 밤이 있지

진공상태

비둘기 떼가 기고 있었다
버스정류장 턱밑 도로에서
뻥튀기를 수거하고 있었다

급브레이크를 밟은 버스
앞바퀴에서 펑크가 났다

비둘기 눈알이 날아왔다
아이의 이마에 으깨졌다

배추 뿌리

나는 글라스에 따른 소주를 벌컥벌컥 비우는 여자야 염색약 바르고 김장비닐 뒤집어쓴 여자야 욕실의 앉은뱅이 의자에 앉은 여자야 배추 뿌리를 잘도 씹어먹는 여자야 무선전화기 들고 긴 머리 남자에게 전화를 거는 여자야 변심한 남자에게 처음 만난 알코올 클리닉 병원의 아름드리 은행나무 아래 벤치 단풍 고운 얘기를 지껄이는 여자야 낫달이 내게로 딸려 와요 낫달이 내 목 주변의 억센 풀들을 베러 와요 숫돌에 날을 밀고 당기는 당신의 목소리 들려와요 날을 세운 낫달이 마른 풀들을 베러 와요 당신은 날을 세워주는 사람 날을 세워 떠넘기는 사람 사랑한 사람에게 떠넘기는 사람 당신의 마지막 전화번호 유성펜으로 지우고 욕실 창 물때 저편 날이 선 낫달을 마중 나가는 여자야 눈물이 커튼을 오래 칠 수는 없지요 당신은 내게 섬뜩한 날 서리가 내리고 수천 번 얼음이 언 날을 들이대요 나는 얇은 비누로 머리를 감고 싹이 난 배추 뿌리를 마저 씹기 위해 글라스에 따른 맹물 소주를 연거푸 들이켠 여자야

붉은 매화

낡은 SUV 차량에서 내린 노인 부부
붉은 매화가 맞는다
허물어진 흙집 뜯어낸
작년 이맘때도 그랬다

집터 양옆에 자리한 붉은 매화
열매가 없다 하였다
열매가 없는 꽃이
각혈한다 하였다

집터를 갈아엎은 노인 부부
복합비료를 시비하고 두둑을 만들었다
검은 비닐을 씌우고 구멍을 뚫었다

붉은 매화가 지고 찾아온 노인 부부
조로에 도랑물을 길어와 구멍에 부었다
올해도 제대로 거두지 못할 참깨 모종을 심었다
얼마 뒤면 참깨 꽃이 피어날 것이었다

장마 지나가면 살진 비둘기 참깨를 쪼므로
떼로 몰려올 것이었다

끝까지 전향 안 한 사상범이
말년에 돌아와 잠깐 살던 고향 집이라 하였다

| 에필로그 |

호수의 한 점 섬에서

올해는 묵정밭을 조금 일구어 참깨와 들깨를 심었다. 그동안 농군의 아들로 살면서 오며 가며 지켜봤을 뿐 직접 심어 가꾸는 일에 겁을 내었다. 내가 심고 가꾸면 곡식 꼴이 나지 않을 것만 같았다. 십여 년 동안 전원으로 이사해 살면서 텃밭에 이것저것 심어보았다. 심어놓고 가꾸는 일은 늘 뒷전이었다. 이를테면 무관심농법이었다. 고구마를 심어놓으면 몇 번이고 멧돼지가 찾아와 파헤치고 옥수수를 심어놓으면 고라니가 와서 알뜰하게 발라먹었다. 꽃을 보기 위해 심은 참깨를 거두지 않았더니 비둘기가 몰려와 죄다 쪼아 먹었다. 어느 날 콩밭에 가 보았더니 고라니가 드러누워 거만하게 콩깍지를 까 드시고 있었다. 묵정밭을 군데군데 일구어 이것저것 심어놓고 꽃을 보기 위해 산책을 하였다. 전원으로 이사해 살아온 십여 년 동안 꽃을 보기 위해 산에서 옮겨온 도라지를 봄이 오면 옮겨심기하였다. 어느새 도라지 알뿌리는 괴물이 되어 있었다. 해마다 옮겨심지 않으면 썩어 문드러지는 도라지 알뿌리를 살려 꽃을 보기 위해 계속 척박한 땅을 찾아다녔다.

올해는 참깨와 들깨를 베고 말려 털었다. 그러고는 참깨와 들깨 두 되씩을 기름 짜는 집에 가져가 기름을 짜왔다. 그동안 얻어먹고만 살았는데 스스로 먹을 걸 해결한 기쁨을 얻었다. 어느덧 사십일 년 줄기차게 마셔온 술을 끊어낸 지 이 년을 넘어섰다. 그동안 시집 열 권을 내고 장편 동화와 산문집도 여러 권 펴냈다. 책을 받아본 어떤 사람이 전화해서 "너는 맨날 술만 마시는데 글은 언제 쓰냐?"고 물었다. 나는 언제 글을 쓴 것인가? 내게 묻고 있었다. 나는 글을 쓴 적이 없었다. 그렇다고 내가 아무것도 하지 않은 것은 아니었다. 나는 단지 머리를 짜내 글을 쓰지 않은 것뿐이었다. 그동안 꽃을 보기 위해 곡식과 화초와 나무를 심었을 뿐이다.

열여섯 고등학교 입학 무렵부터 줄기차게 술을 마시면서 사십일 년을 살았다. 그동안 주위 사람들에게 크나큰 상처를 주었다. 오래전 술자리에서의 일이었다. 어느 출판사의 모임 자리에서였다. 술을 안 마시고 멀뚱멀뚱 앉아있는 나를 사람들이 힐끔거렸다. 술 취한 모습만 보아온 그들 중 한 분이 말하였다. "이 형, 오늘 술 안 마신 모습 처음 보는데… 너무 낯설어요. 어디 아파요?" 나도 내가 낯설어서 한참 만에 그에게 대답했다. "오늘 할아버지 제사라 운전해서 고향에 가봐야 해요.” 그는 내 말이 끝나기도 전에 입으로 맥주를 뿜고 내 등을 치면서 폭소를 터뜨렸다. 그러고는 정말 웃긴다는 듯 원목 탁자를 치고 말을 이었다. “이 형, 오늘 어디 아파요? 이 형이 운전을 한다고요? 아니 말이 되는 소릴 해야 믿죠. 맨날 촉촉이 젖어있는데… 언제 운전면허 딸 시간은 있었고요?” 그곳에 모인 사람들 모두 박장대소를 하였다. 그만 헛소리 집어치우고 하던 대로 하라고 난리였다. 앞자리 어떤 분이 거들었다. “이 형이 술 안 마시고 앉아있으니 불안해 술이 안 넘어갑니다. 언제 터질지 모르는 시한폭탄 같아 조마조마하니 장난 그만 치고….” 그분은 맥주를 따라 내 앞에 잔을 디밀었다. 나는 출발할 시간이 되었다고 일어나 인사를 하였다. 몇 명이 2층 술집 창을 열고 내가 길가에 주차해 둔 차에 타는 모양을 지켜보았다. 나는 차창을 내리고 그들에게 손을 흔들고는, 큰소리쳤다. “다음 주에 죽었어!” 나는 가만 있는데 수많은 날이 허겁지겁 스쳐 지나간 느낌이었다. 가끔은 전혀 다른 시공(時空)이 한데 어우러져 한 편의 시, 한 단락의 산문을 옮길 수 있었다. 술을 덜 마셔야 비척비척 오르내릴 수 있는 경사진 길을 걸었다. 폭음 다음 날 새벽 찾게 되는 냉수가 미지근한 물로 바뀌었지만, 원초적인 갈증을 해소할 방법은 없었다. 어느 날 갑자기 술을 끊기에 이르렀다. 온갖 핑계를 만들어 술을 마신 지난날과의 연결고리를 끊어낼 작정이었다.

이 년 전 금주 시작과 함께 짓기 시작한 움막을 거의 완성했다. 주춧돌을 앉히고 기둥을 세우고 골격을 짜고 지붕을 올렸다. 몇 년 전 집수리할 때 쓰고 남은 건축자재를 이용해 벽과 지붕의 단열을 하고 창문 셋과 출입문을 혼자 달았다. 바닥에 강화마루를 깔고 지붕재인 아스팔트 싱글로 외벽을 치고 둘러보았다. 될 성 싶지 않던 움막 완공! 혼자 힘으로 어찌어찌하다 보니 얼추 완공을 목전에 두었다. 배선을 끝낸 전기를 연결하면 움막에 불이 들어올 것이다. 벽을 뚫고 무시동히터의 송풍관을 연결하면 그곳에서 겨울을 거뜬히 날 수 있을 것이다. 알라딘 석유 난로의 운모 창을 통해 푸른 불꽃 푸른 새싹을 보게 될 것이다. 이제는 천천히 희망을 담아 노래를 부를 때가 다가온 것이다.

간드레 시 03

겯에 머무는 느낌

초판발행 2024년 07월 31일

지 은 이 이윤학
펴 낸 이 이윤학
책임편집 성민주
기획위원 박형준 인수봉
디 자 인 헤이존
펴 낸 곳 간드레

출판등록 제144호(2019년 6월 3일)
주 소 안동시 도산면 영양계길 83-10
편 집 실 서울시 서초구 서초중앙로 95, 5층
전 화 02)588-7245, 010)5369-7245
메 일 candleprint@naver.com

ISBN 979-11-971559-5-6 04810
979-11-971559-0-1 (세트)